AF295025

© 2017 Maria Salo
Kustantaja: BoD – Books on Demand, Helsinki, Suomi
Valmistaja: BoD – Books on Demand, Norderstedt, Saksa
ISBN: 978-951-568-083-9

Etsiväkissa Esmeralda

Esipuhe

Minä olen kissa. Se on jo sinänsä huomattava seikka, josta voisi kirjoittaa kirjan. Tämä kirja ei kuitenkaan kerro pelkästään minusta. Minä toimin tarinan kertojana ja olen myös tavallaan päähenkilö, koska kirjan nimi on Etsiväkissa Esmeralda. Esmeralda on nimeni. Eikö olekin kaunis nimi? Olen saanut Esmeralda-nimen kauniiden silmieni vuoksi. Silmäni ovat suuret ja pyöreät ja aivan smaragdin väriset, siis kirkkaan vihreät. Esmeralda tarkoittaa smaragdia. Ja smaragdinvihreät silmäni ovat totta vie kauniit. Muutenkin olen aivan ihana. Turkkini on pitkä ja tuuhea ja aivan puhtaan lumivalkoinen. Nenäni ja pikkuinen suuni ovat ruusunpunaiset.

Minulla on emäntä. Emäntäni on juuri sopiva kissanomistajaksi. Hän on rauhallinen, hiljainen, suorastaan nörtti sanan parhaassa merkityksessä. Olemme hyvin kiintyneet toisiimme. Tämä kirja kertoo aika paljon myös emännästäni ja niinpä kuvailenkin häntä hiukan. Toivottavasti sinäkin lukija kiinnyt häneen tätä kirjaa lukiessasi ja pidät peukkuja että hänelle käy hyvin.

Emäntäni nimi on Sarita. Hän on sinkku. Hän siis asustelee yksiössä minun kanssani. Häntä voisi kai sanoa jo ikisinkuksi, koska hän on ollut sinkku niin kauan kuin muistan ja olen ollut hänen seuranaan jo monta vuotta, pennusta lähtien. Sarita on ymmärtääkseni kaunis ja kiltti ja mukava ihmisillekin mutta ehkä hän pelkää ihmisiä hiukan. Hänellä käy harvoin vieraita eikä hän yleensä käy muualla kuin töissä, kuntosalilla ja kaupassa. Hän viihtyy kotona tietokoneella ja television ääressä ja silloin minä saan aina syliaikaa, joka on minulle kaikki kaikessa. Kun Sarita on töissä, minä istun yleensä ikkunalaudalla ja katselen ulos. Viidennen kerroksen ikkunasta on tosi hyvät näkymät kadulle, jossa kulkee yhtenään autoja, raitiovaunuja ja ihmisiä. Liikkuvien kohteiden tarkkailu ylhäisestä korkeudesta on hyvin miellyttävää ja viihdyttää minua tuntikausia. Sarita jättää minulle aina riittävästi ruokaa ja puhdasta juomavettä, joten minulla ei ole mitään hätää, vaikka hän jäisi ylitöihin tai menisi suoraan töistä kuntosalille. Kun hän tulee kotiin, vietämme aina syliaikaa ja silittelyaikaa ja kutitteluaikaa ja leikkiaikaa. Olen siis hyvin onnekas kissa.

Saritan ikä on kolmenkymmenen ja neljänkymmenen väliltä. Hän vaikuttaa jotenkin iättömältä. Hänellä on yhtä kauniit silmät kuin minullakin: suuret ja kirkkaan siniset. Muuten hän on melko huomaamaton ja väkijoukkoon sulautuva ihmislajin edustaja. Hän on pienikokoinen, hoikka, kapeakasvoinen. Tukka on ohut, vaalea ja piikkisuora. Hän hoitaa tätä turkkiaan lähes olemattomasti verrattuna siihen, miten paljon vaivaa minä näen oman turkkini hoidossa. Hän vain sutaisee tukan poninhännälle tai nutturalle tai sitten antaa sen vain roikkua. Moinen välinpitämättömyys omaa turkkia kohtaan on suorastaan ärsyttävää. Sarita pukeutuu mukaviin ja käytännöllisiin vaatteisiin, jotka koittavat olla mahdollisimman huomaamattomia. Kotona hänellä on lököverkkarit, joita hän sanoo karvahousuiksi. Ne ovat minun syliaikaani varten ja karvahousut siksi, että minusta saattaa joskus lähteä "hieman" karvaa.

Sarita siis elää melko paljon minun ehdoillani ja minä puolestani hänen ehdoillaan. Tämä on tasaväkistä kumppanuutta, reilua kämppäkaveruutta, kissan ja ihmisen suhde parhaimmillaan ja kauneimmillaan. Meille riittää yksiö ja toisemme. Rakastan tätä yksiötä, rakastan tätä kaupunkia, rakastan Saritaa. En halua minkään koskaan muuttuvan.

Eräänä päivänä kuitenkin kaikki muuttuu. Ensimmäinen luku alkaa siitä hetkestä, kun kaikki muuttuu. Vaikka usein sanotaan, että kissa on kissan ja ihmisen suhteessa pomo, niin tosipaikan tullen kissa on äänetön yhtiökumppani, joka pakataan kantokoriin ja otetaan

mukaan kuin sohvatyyny, mitään
kysymättä.

Ensimmäinen luku – Muutto

Sarita oli jo jonkin aikaa ollut ta-
vanomaista hajamielisempi, her-
mostuneempi ja poissaolevampi.
Hän ei keskittynyt kunnolla silittä-
miseen ja saattoi jopa laiminlyödä
korvantaustojen rapsuttamisen.
Välillä hän saattoi jopa hermostua,
kun hyppäsin kymmenennen ker-
ran tietokonepöydälle hänen tut-
kiessaan jotakin tietokoneelta otsa

rypyssä. Yleensä hän oli loputto-
man kärsivällinen. Mistä nyt tuu-
lee?

Huolestuttavinta oli se, että hän
näytti säikähtävän suunnattomasti
kuullessaan puhelimen soivan tai
tekstiviestin tulevan. Ennen hän
oli aina ilahtunut. Eihän hänelle
kovin usein soiteltu. Mutta nyt
asia oli selvästi muuttunut. Itsekin
hän puhui puhelimessa useammin,
mutta ne eivät olleet mitään kika-
tuspuheluita tyttökavereiden
kanssa, vaan jotakin vakavaa oli
meneillään.

Sitten alkoi pakkaaminen. Sarita
oli ilmeisesti ottanut lomaa, koska
hän pakkasi arkipäivinäkin. Saatoin

kuulla hänen sydämensä hakkaavan lujaa ja hengityksensä tihenevän. Pakkasiko hän henkensä edestä? MITÄ IHMETTÄ OLI MENEILLÄÄN?

Huonekalut, televisio, tietokone, kahvinkeitin, astialaatikot ja kirjalaatikot kannettiin muuttoautoon vahvojen muuttomiesten toimesta. Sarita kantoi vaatesäkkejä. Asunto alkoi näyttää jo todella tyhjältä. Lopulta ei ollut jäljellä enää muuta kuin Sarita itse ja minä ja kuljetuskori ja minulle pieni vesikuppi. Sarita tarttui minua niskasta ja työnsi minut kuljetuskoriin. Hän laittoi koriin vesikupin ja sitten mentiin...

Toinen luku – Pikkukaupunki

Ajomatka tuntui tosi pitkältä,
koska en tiennyt minne olimme
menossa. Auton tärinä teki mi-
nulle melko huonon olon. En pys-
tynyt katsomaan ohi viliseviä mai-
semia. Olimmeko pakomatkalla?
Siltä tämä tuntui. Sarita ei puhu-
nut mitään vaikka yleensä hän le-
perteli minulle. Nyt hän vain tui-
jotti suoraan eteensä.

Lopulta auto kaarsi erääseen pihaan. Astuimme ulos autosta. Näin hämmästyksekseni ison valkoiseksi maalatun puutalon. Taloa ympäröi pensasaidan rajaama piha. Pihalla kasvoi nurmikkoa ja sinne oli istutettu myös joitakin kukkivia pensaita. Suora hiekkatie johti talon pääovelle. Sarita asteli määrätietoisesti hiekkatietä pitkin, kaivoi avaimen käsilaukustaan ja avasi oven. Tulimme suureen avaraan tilaan, jossa oli lautalattiat. Sarita laski kantokorin lattialle ja avasi luukun päästääkseen minut ulos korista. ”Katso Esmeralda, miten paljon tilaa! Eikö olekin mukavaa?”, hän sanoi. En ollut uskoa silmiäni. Tämä ei ollut mikään yksiö, vaan kokonainen omakotitalo. Puutalo pikkukaupungissa! "Täällä sinulla on kissanpäivät", Sarita vakuutti. En ollut aivan varma asiasta. Olin tottunut toisenlaisiin kissanpäiviin. Suoraan sanoen olin arkajalka sisäkissa. Suuri puutalo tuntui vetoiselta ja kylmältä. En meinannut uskaltaa tulla ulos korista. Sarita kallisti koria ja tipautti minut pehmeästi lattialle. Hänellä ei ollut aikaa odottaa jahkailuani. Hänellä oli paljon tekemistä. Lähdin tutkimaan taloa hyvin varovasti. Nuuhkin hajujälkiä. Talossa oli selvästi asunut kissoja ennenkin. Sarita järjesteli tavaroita paikoilleen. Kun hän lopulta pääsi nukkumaan, oli jo aamuyö. Käperryin kerälle hänen rintansa päälle. Siinä oli maailman turvallisin paikka. Tunsin hänen sydämensä lyönnit. Vähitellen ne rauhoittuivat ja minäkin rauhoituin. Hengitimme samaan tahtiin ja tuhisimme molemmat. Näin unta talon entisistä kissa-asukkaista, jotka unessani olivat melkoisia hurjimuksia.

Aamulla heräsin siihen, että minua paleli. Nousin Saritan rinnan päältä ja hypähdin lattialle. Kesti hetken, ennen kuin tajusin missä olen. Tein tarkastuskierroksen talossa. Sarita ei ollut vielä laittanut ruokakuppeja lattialle. Menin takaisin hänen luokseen ja aloin herättää häntä. Hän heräsi ja nousi. Sanaakaan sanomatta hän meni keittämään kahvit ja laittoi minulle yhteen kuppiin kuivamuonaa ja toiseen märkämuonaa. Tapani mukaan hotkin heti märkämuonan.

Päivästä tuli aurinkoinen. Sarita avasi yhden lasioven. Siitä pääsi verannalle, jota ympäröi aidattu kissan ulkoilualue. Etsin verannalta kohdan, johon aurinko paistoi lämmittävästi. Käperryin siihen ja aloin ymmärtää jotakin ulkoilun ihanuudesta. Tuntui mukavalta tuntea nenässään tuulenvire ja raikas puhtaan ulkoilman tuoksu ja tuntea auringon lämpö turkissa. Ei tämä ollutkaan yhtään hassumpaa. Pysyttelin kuitenkin varmuuden vuoksi mahdollisimman lähellä ovea, jos joku vaarallinen sattuisi hyökkäämään. Sain lekotella aivan rauhassa.

En tiedä kauanko aikaa oli kulunut, kun havahduin siihen, että sisältä kuului vieraiden ihmisten ääniä. Olin tainnut nukkua hyvän aikaa. Nousin ylös ja venyttelin kunnolla ja tassuttelin sitten sisälle. Sisällä tuoksui tuore kahvi. Se oli aivan varmasti juuri äsken keitettyä, ei

sitä aamuista. Ihmettelin miten
kauan oikein olin nukkunut. Sisällä
oli kaksi minulle vierasta ihmistä,
mies ja nainen. He olivat hienosti
pukeutuneita ja hoitivat Saritan
kanssa jotakin tärkeän tuntuisia
paperiasioita. Saritaan katsoessani
suorastaan hätkähdin. En ollut
koskaan nähnyt emäntääni hie-
nona. Sarita oli kiertänyt hiuksiinsa
korkkiruuvimaisia kiharoita. En
tiennyt että hän osasi sellaista!
Hän oli meikannut itsensä hyvin
tyylikkäästi. Hän oli pukeutunut
tiukkaan puhtaan valkoiseen kote-
lomekkoon, sukkahousuihin ja kor-
kokenkiin. Näytti melkein siltä kuin
hän olisi ollut menossa naimisiin,

mutta ehkä kuitenkin oli jostakin muusta kysymys. Ei kai asunnon vaihto vaatinut noin upeaa ulkonäköä. Olin kuitenkin onnellinen nähdessäni hänet noin kauniina. Paperit allekirjoitettiin, kahvit juotiin ja sitten kolmikko lähti kohti ovea. Yllätyksekseni Sarita lähti heidän mukaansa ja astui heidän autoonsa. Olin huomaamattani tullut ulos asti heidän perässään. Uteliaisuus voitti pelon ja lähdin seuraamaan autoa. Onneksi vauhti ei ollut kova eikä matka ollut pitkä. Kumma, että yleensä jaksoin juosta vaikka en harrastanut muuta liikuntaa kuin mekaanisen

hiiren jahtaamista ja muita kissan-
leikkejä. Auto pysähtyi ja kolmikko
astui ulos autosta ja sisään hyvin
erikoiseen kauppaan. Seurasin
heitä huomaamattani.

Kolmas luku – Odette-Odile

Olimme tulleet suureen, upeaan ja
erikoiseen kauppaan. Kaupan nimi
oli Odette-Odile. Nimi tuli selvästi
Joutsenlampi-baletista, jossa
prima ballerina esittää kaksoisroo-
lia: puhdasta ja viatonta neitoa
Odettea eli valkoista joutsenta
sekä ilkeän velhon tytärtä Odilea
eli mustaa joutsenta. Sarita oli

aina ollut balettifani ja Joutsenlampi oli hänen lempibalettinsa. Olipa hän nuorena harrastanut balettia itsekin monta vuotta ja kenties haaveillut ballerinan urasta. Kaupan nimi oli siis varmasti vedonnut Saritaan. Kyseessä ei kuitenkaan ollut balettitarvikekauppa niin kuin olisi voinut luulla, vaan pukuvuokraamo, joka oli jaettu kahteen osaan. Toinen puoli oli nimeltään Odette ja se oli täynnä toinen toistaan kauniimpia vuokrattavia hääpukuja valkoisen kaikissa sävyissä. Sadoittain puhtaan lumivalkoisia, kerman valkoisia ja helmenvalkoisia hääpukuja sil-

kistä, tyllistä, pitsistä ja organ-
zasta. Toinen puoli, nimeltään
Odile, oli värikäs, räikeä ja yllätyk-
sellinen. Se oli täynnä mitä erilai-
simpia vuokrattavia naamiaispu-
kuja. Osa niistä oli hienoja ja tyy-
likkäitä, osa hassuja ja suloisia, osa
hiukan pelottaviakin.

Kuuntelin mitä Sarita puhui paris-
kunnan kanssa ja minulle kävi sel-
väksi, että Sarita oli ostanut koko
pukuvuokraamon kaikkine pukui-
neen ja se oli Saritan uusi työ-
paikka. Sarita oli myynyt yksiönsä
isossa kaupungissa ja lisäksi hä-
nellä oli aika mukavasti säästöjä,
jotka hän oli säästänyt palkastaan.

Hän oli saanut hankittua omakoti-
talon ja pukuvuokraamon pikku-
kaupungista. Hienoa! Upeaa!
Mutta samalla hämmentävää.
Oliko tämä se sama nörtti Sarita,
joka ei kaivannut elämältä jänni-
tystä vaan mukavuutta ja turvalli-
suutta. Sarita, jonka suurimmat
onnenhetket olivat romanttinen
komedia televisiossa, kissa sylissä,
iso mukillinen kahvia ja iso kulhol-
linen pop cornia tai irtokarkki-
pussi. iksi yhtäkkiä tämä valtava
muutoksentarve? Vai oliko tämä
ollut hänen haaveensa pitkään mi-
nun tietämättäni? Lisäksi ehdin jo
miettiä sitäkin, oliko tässä kaupun-

gissa tarpeeksi asiakkaita tällaiseen kauppaan vai tultiinko tänne kauempaakin vuokraamaan pukuja? Oliko Odette-Odile kuuluisa kauppa? Pian kaikki kai selviäisi. Parasta kuitenkin pitää emäntää vähän silmällä, koska hän ei ole ollut viime aikoina ihan oma itsensä.

Neljäs luku - Katutappelua

Sarita ryhtyi työhön saman tien. Hän alkoi syventyä uuden yrityksensä asioihin täysillä, vaikka ei ottanutkaan vielä asiakkaita vastaan. Ovessa oli lappu joka kertoi avajaisten olevan viikon päästä. Sarita

tutki joitakin papereita sekä soit-
teli useita puheluita. Hän ei huo-
mannut lainkaan että olin paikalla.
Päätin livahtaa ulos ja palata ko-
tiin. Voisin odottaa Saritaa veran-
nalla. Livahdin ulos raollaan ole-
vasta ikkunasta, hyppäsin alas ka-
dulle ja aloin kipittää kohti kotia
samaa tietä kuin olin tullutkin. Olin
jo kääntymässä kotipihalle kun
yhtäkkiä aidan raosta kimppuuni
syöksyi valtava kissa. Se sähisi mi-
nulle, että oli sen reviirillä ja sa-
malla hetkellä tunsin sen terävien
kynsien iskeytyvän naamaani ja
valtaisa kynsiminen alkoi. Kesti
hetken ennen kuin pystyin edes
puolustautumaan mutta sitten

sain jostakin voimia tapella vastaan. Koska olin viettänyt elämäni sisäkissana ja vieläpä ainokaisena kissana taloudessa, en ollut koskaan joutunut tappelemaan.
Vaikka koitin käyttää kynsiäni, olin aivan alakynnessä. Vastustajani oli minua isompi ja lisäksi todella kova ja häikäilemätön. Pelkäsin henkeni puolesta. Rähinä tuntui kestävän ikuisuuden. Jossakin vaiheessa jostakin ilmestyi lisää kissoja ja pelkäsin että nekin hyökkäävät kimppuuni, mutta onneksi ne tulivatkin puolustamaan minua. Joukkovoima sai ison kissan perääntymään ja pakenemaan.

Apuuni tulleet kolme kissaa esittäytyivät minulle. Sain tietää, että he olivat Mirri, Mosse ja Muru. "Kiitos, te pelastitte henkeni", sanoin kiitollisena. Esittelin myös itseni. "Sinä oletkin uusi täällä", kolme M:ää totesivat. Kerroin heille, että olimme emännän kanssa juuri muuttaneet tänne. Kerroin avoimesti, että kaupunki on minulle aivan uusi ja itse ulkoilmakin on uusi asia enkä ollut pentuaikojeni jälkeen juurikaan tavannut muita kissoja. Uudet ystäväni pahoittelivat, että heidän kotikaupunkinsa oli näyttänyt minulle näin ruman puolen itsestään kun

Rautakynsi oli hyökännyt kimp-
puuni. Kävi ilmi, että Mirri, Mosse
ja Muru olivat kaikki samaa poiku-
etta. Mirri ja Muru olivat tyttöjä,
Mosse puolestaan oli poika. Yh-
dennäköisyys oli ilmeinen. Kaikki
olivat väreiltään musta-valkoisia.
Murussa oli enemmän valkoista
kuin mustaa, Mirrissä päinvastoin.
Mosse oli helppo erottaa muista,
koska hän oli kokonaan musta lu-
kuun ottamatta valkoisia "nilkka-
sukkia" ja nenän päällä olevaa val-
koista laikkua, joka näytti siltä kuin
siihen olisi tipahtanut pisara ker-
maa. He kaikki olivat siroja ja sut-
jakoita. Heistä näki, että he olivat

tottuneet liikkumaan pitkiä mat-
koja ja ruoka-aikoja ei ilmeisesti
ollut yhtä usein kuin minulla. "Kut-
suisin teidät syömään, mutta
emäntäni on töissä enkä taida
päästä sisään ennen kuin hän tu-
lee", sanoin. "Mutta tuo lasiovihan
on auki", Muru huudahti. "Sitten
vaan sisään", minä huikkasin. Sa-
rita oli näemmä ollut niin tohkeis-
saan uudesta työpaikastaan, että
oli unohtanut sulkea verannalle
vievän lasioven. Painelimme jo-
nossa ovesta sisään ja annoin kol-
men M:n syödä kuivamuonakul-
honi tyhjäksi. Se oli ihan hyvää kui-
vamuonaa ja sitä oli paljon, mutta
minä päätin odottaa seuraavaa

märkämuona-annosta, koska se oli
vielä parempaa. Nälkäiset sisaruk-
set ahmivat onnellisina kuivamuo-
nakulhon tyhjäksi. Ohjasin heidät
sen jälkeen vesikupilleni, koska
kuivamuonasta tulee aina jano.
Vesikuppi tyhjeni alta aikayksikön.
Kaverukset nuolivat itseään ja toi-
siaan puhtaaksi, niin kuin hyvän
aterian jälkeen on tapana tehdä.
Sovimme yhteistyöstä. He näyttäi-
sivät minulle paikkoja kaupungissa
ja suojelisivat minua Rautakyn-
neltä ja minä puolestani yrittäisin
järjestää heille ruokapuolta, koska
he selvästi tarvitsivat hiukan lisää

luiden ja nahan väliin. Näin elämäni oli kertaheitolla muuttunut suureksi seikkailuksi.

Viides luku – Eläinlääkärissä

Kun Sarita viimein illalla tuli kotiin, hän kauhistui perin pohjin nähdessään millaisessa kunnossa olin. Hän tuli melkein hysteeriseksi, mikä ei ollut hänen tapaistaan.

Hän oli tosi huolissaan minusta, mutta suurin pelko hänellä oli kuitenkin se, oliko joku murtautunut hänen kotiinsa vahingoittamaan hänen kissaansa tahallaan. Hän käveli hermostuneesti ympyrää. Lopulta hän ryntäsi ulos ja kävi kysymässä naapurilta oliko naapuri nähnyt jonkun tunkeutuvan hänen kotiinsa. Perusteellisen keskustelun jälkeen Sarita rauhoittui, koska naapuri oli kertonut nähneensä valtavan kissatappelun, jossa oli mukana monta kissaa ja yksi oli valkoinen pitkäkarvainen, jota naapuri ei ollut ennen nähnyt. Kissat kuulemma tappelivat seudulla paljonkin keskenään. Naapuri neuvoi myös mistä tavoittaisi eläinlääkärin. Ystävällinen naapuri antoi Saritalle vihkosen, jossa oli kaikki tärkeät puhelinnumerot.

Jo seuraavana päivänä Sarita istui eläinlääkärin odotushuoneessa ja minä kyyhötin kantokorissa hänen jalkojensa juuressa.

Odotushuoneessa oli yksi potilas jonossa ennen meitä. Hän oli valtava tanskandoggi, jonka pää oli isompi kuin minä koko karvaisessa komeudessani. Kyyristyin varmuuden vuoksi matalaksi kantokorissa, mutta koira vilkaisi minua ja päästi matalan tuhahduksen, joka tarkoitti: " Luuletko tosiaan, että vaivautuisin rähisemään sinun takiasi? Olen sellaiseen aivan liian sivistynyt." Huokasin helpotuksesta ja rentouduin korissani. Ihmiset eivät ehkä tiedä, että eläimet ymmärtävät toisiaan melko paljon yli lajirajojen, vaikka eri kielet joskus aiheuttavat väärinkäsityksiä. Koira asettui maahan sfinksimäiseen asentoon (olen nähnyt sellaisia kuvia) ja piti ylvästä päätään koholla niin, että saatoin ihailla sen sivuprofiilia.

Sarita keskusteli koiran omistajan kanssa, joka oli tyylikäs vanhempi herrasmies. Mies kertoi että koira oli astunut lasin sirpaleeseen. Sarita puolestaan kertoi avoimesti, että minut oli rökitetty kissatappelussa. Luultavasti se kyllä näkyi naamastanikin.

Edellinen asiakas tuli ulos lääkärin huoneesta. Hän oli valkoinen kani, jolla oli mustat korvat. Kani näytti olevan vielä hieman pöpperöinen nukutuksen jäljiltä ja lötkötti rentona omistajansa, nuoren tytön, sylissä. Jopa kani näytti olevan minua isompi. "Ovatko kaikki eläimet täällä jättiläisiä?", ihmettelin mielessäni.

Tanskandoggi ontui sisään huoneeseen isäntänsä taluttamana.

Sarita vaihtoi muutaman sanan kanin omistajan kanssa. Ihmettelin sitä, miten sosiaaliseksi Sarita oli heti muuttunut täällä pikkukaupungissa. Isossa kaupungissa hän ei puhunut vieraille eikä edes katsonut heitä kasvoihin. Tiesin sen, vaikka en ollut mukana. Meillä on Saritan kanssa henkinen yhteys, jonka ansiosta tiedän missä Sarita milloinkin liikkuu. Näin sieluni silmin hänet työpaikalla, kuntosalilla, marketissa. Tiesin, että hän oli kuin omassa näkymättömässä kuplassaan suorittamassa elämäänsä mekaanisesti ja muuttui persoonaksi vasta tullessaan kotiin ja vetäessään karvahousut jalkaansa ja ottaessaan minut syliinsä. Tietävätköhän ihmiset, että kissoilla on tällaisia kykyjä? Ehkä tämän kyvyn ansiosta kissat myös pystyvät odottamaan omaa ihmistään pitkäänkin huolestumatta. Mehän nimittäin tiedämme, missä oma ihmisemme liikkuu ja miten hänellä asiat ovat. Tiedämme myös milloin hän tulee, joten osaamme olla vastassa. Tiesin myös sen, milloin asiat muuttuivat. Tiesin, että joku oli rikkonut Saritan näkymättömän kuplan ja tunkeutunut sen sisään väkivaltaisesti. Tiesin, että tuo joku ei ollut hyväntahtoinen. Tiesin, että Sarita oli alkanut pelätä. Hänen maailmansa oli järkkynyt. Tuon muutoksen jälkeen olin siirtynyt yhä useammin hänen sylistään hänen rintansa päälle. Kaikki kissanomistajat, joilla on läheinen suhde kissansa kanssa, tietävät, että kun omistajalla on sydänsuruja tai murheita, kissa menee sydämen päälle lohduttamaan. Jos omistajalla on vatsa kipeä, kissa menee vatsan päälle lämmittämään. Jos omistajalla on kurkku kipeä, kissa menee lämmittämään kurkkua.

Ilmeisesti pikkukaupunkiin muutto oli saanut Saritan tulemaan ulos kuorestaan. Hän oli lakannut pelkäämästä. Ihmisiä oli täällä paljon vähemmän, joten jokaiselle pystyi antamaan huomiota. Sarita avautui ihmisiin päin ja minun oli aika avautua toisiin kissoihin päin. Olin tottunut omistamaan Saritan kokonaan, mutta nyt minun täytyi tottua siihen, että hän antoi huomiota muillekin.

Kanin omistaja lähti ja kello raksutti seinällä hitaasti, unettavasti. Lopulta tanskandoggi tuli ulos lääkärin huoneesta jalka paketissa. Hätkähdin, kun tajusin että en ollut kuullut inahdustakaan, vaikka koiran jalka oli varmasti hyvin kipeä. Tuo koira hallitsi todella hyvin hermonsa.

Lääkäri kutsui meidät sisään. Hän
sulki oven ja nosti minut varovasti
ulos korista. ”Tässäkö se pikku tap-
pelupukari on?”, hän kysyi huvittu-
neesti. ”Sinähän olet oikein rotu-
kissa, vai kuinka?” ”Valkoisen
maatiaisen ja norjalaisen metsä-
kissan sekoitus”, Sarita sanoi.
”Mutta upean näköinen, vai mitä?
Monet luulevat persialaiseksi.
Mutta persialaiset ovat liian jalos-
tettuja. Niiden on vaikea hengit-
tää, kun niillä on niin litteäksi ja-
lostettu kuono. En ymmärrä, miksi
jalostuksessa pitää mennä niin ää-
rimmäisyyksiin.” En ollut koskaan
ennen kuullut Saritan sanovan
noin monta lausetta peräkkäin.

"Olen aivan samaa mieltä", eläinlääkäri sanoi. Eläinlääkäri oli hyvin komea mies. Hän oli tummatukkainen ja ruskeasilmäinen. Hänen ihonsa oli lämpimän värinen ja hampaansa vitivalkoiset. Hänellä oli suuret, mutta pehmeät ja lämpimät kädet. Tajusin yhtäkkiä, että Sarita katseli eläinlääkäriä peittelemättömän ihastuneena ja ihaillen. Saritan smaragdinsiniset silmät loistivat ja eläinlääkärin kauniit, tummanruskeat silmät tuikkivat. Tämä oli aivan uutta. Yleensä Sarita väisteli toisten ihmisten katsetta, katsoi hiukan sivuun ja alaviistoon. Nyt hän katseli eläinlääkäriä rohkeasti silmiin, aivan kuin

täydellinen luottamus olisi synty-
nyt sekunnissa.

Eläinlääkäri puhdisti haavani varo-
vasti kirvelevällä puhdistusaineella
ja laittoi niihin vielä jotakin toista
lääkettä, joka ei kirvellyt. Sitten
hän käski Saritan ottaa minut syliin
ja pitää minua paikoillani. Sarita
teki työtä käskettyä ja puheli mi-
nulle rauhoittavasti. Arvelin, että
kohta varmaan seuraa jokin ikävä
toimenpide. Aavistus osui oikeaan,
sillä tunsin ikävän piston. Se oli
varmaankin rokotus. Käyttäydyin
äärimmäisen mallikelpoisesti, jotta
en olisi nolannut Saritaa. Toisaalta
pisto tuli niin huomaamatta, että

en saanut edes tilaisuutta pulli-
koida vastaan. Minua kehuttiin ja
kiiteltiin reippaaksi. Lääkäri kir-
joitti reseptin. Sarita otti reseptin
ja maksoi mukisematta laskun,
jossa oli aika iso numero. Hän sai
kuitin. Hän ei olisi millään halun-
nut lähteä pois eläinlääkärin lähei-
syydestä, vaan yritti keksiä vielä
jotakin sanottavaa. "Entä jos Es-
meralda ei suostu ottamaan sitä
lääkettä?", hän kysyi. Lääkäri
ojensi käyntikorttinsa. "Voit ottaa
yhteyttä milloin tahansa, jos tulee
jotakin ongelmia tai kysyttävää",
hän sanoi ja katsoi Saritaa silmiin
lämpimästi hymyillen. "Ja sinä",
hän sanoi minulle, "pysy sinä

poissa ikävyyksistä, ettet aiheuta huolta emännällesi." Sanoessaan näin hän rapsutti minua korvan takaa. Yhtäkkiä Sarita teki jotakin yllättävää. Hän laittoi lääkärin antaman käyntikortin lompakkoonsa ja nappasi sieltä oman käyntikorttinsa ja ojensi sen lääkärille. "Olen vasta muuttanut tähän kaupunkiin. Olen pukuvuokraamo Odette-Odilen uusi omistaja. Meillä on avajaiset ensi maanantaina. Siellä on kakkukahvit." Samassa Sarita punastui rajusti kuin tajuten olleensa typerä. "Eihän teillä varmaankaan ole aikaa sellaiseen."

"Paljon kiitoksia kutsusta", eläinlääkäri sanoi, "saatanpa tullakin käymään vaikka lounastauolla. Hyvä kun saadaan kaupunkiin uusia yrittäjiä."

Sarita huokasi helpottuneena, kun eläinlääkäri pelasti hänet nolostumiselta. He kättelivät ja kättelyjin tuntui kestävän ikuisuuden. Tarkistin asian. Eläinlääkärillä ei ollut sormusta.

Sarita pakkasi minut kantokoriin ja menimme apteekkiin. Antibiootti-kin oli kallista mutta se ei näyttänyt Saritaa haittaavan. Hän kantoi pientä apteekin pussia kuin kallista lahjaa.

Menimme kotiin. Sarita sekoitti antibiootin märkämuonaan. Lääke

muutti muonan maun väkeväksi,
mutta söin silti, koska olin tosi näl-
käinen.

Nälkä ei lähtenyt yhdellä märkä-
muona-annoksella ja suuhun jäi
väkevä maku. Olin ollut kauan syö-
mättä ja olin antanut kuivamuona-
annokseni Mirrille, Mosselle ja
Murulle. Menin raapimaan kissan-
ruokakaappia enkä hellittänyt en-
nen kuin Sarita antoi minulle vielä
toisen annoksen märkämuonaa.
Onneksi antibioottia ei pitänyt an-
taa kuin kerran päivässä. Syötyäni
toisen märkämuona-annoksen
sain suuhuni hyvän maun ja vatsa
tuli täyteen. Nuolin turkkiani tyy-
tyväisenä. Yhtäkkiä Sarita tajusi,

että hän ei ollut syönyt mitään koko päivänä, oli juonut vain kahvia. Yleensä hänellä oli säännölliset ruoka-ajat ja terveellinen ruokavalio, mutta nyt hän oli unohtanut syödä ja ostaa ruokaa. Koko elämä oli myllerryksessä. Hän aukoi kaappeja turhaan. Muistin jotakin. Kipitin hakemaan postiluukusta pudonneen pitserian mainoksen ja kiikutin sen suussani Saritalle. "Esmeralda, leikitkö sinä koiraa?", Sarita nauroi vedet silmissä.

Kuudes luku – Pitsakuski

Sarita tutki pitserian listaa. Siinä oli paljon erilaisia pitsoja, mutta myös salaatteja, kebab-annoksia ja muitakin ruokia sekä muutamia laatuja limuja. Ajattelin, että Sarita saattaisi tilata tonnikalasalaatin, koska se oli sellaista ruokaa, jota hän tavallisesti söi. Nyt hän kuitenkin tilasi salamipitsan. Hän oli todella nälkäinen. "Laita paljon valkosipulia", hän sanoi ja tilasi vielä ison limunkin. Hän ei edes motkottanut itselleen vaan päinvastoin kiitteli minua siitä, että pelastin hänen iltansa nokkeluudellani. Sarita ei ollut vielä ehtinyt tutustua kaupunkiin niin paljon, että olisi tiennyt pitseriasta.

Pitsakuski tuli yllättävän nopeasti.
Hän oli pienikokoinen tumma
mies, varmaankin Lähi-idästä ko-
toisin. Hän ojensi Saritalle herkulli-
selta tuoksuvan kuuman pitsalaati-
kon ja kylmän limun. Sarita maksoi
käteisellä. "Oletteko uusi täällä?",
pitsakuski kysyi. "Kyllä, muutin äs-
kettäin tänne", Sarita vastasi. Sa-
rita nappasi lompakostaan käynti-
korttinsa ja ojensi sen pitsakus-
kille. "Olen pukuvuokraamo
Odette-Odilen uusi omistaja. Ensi
maanantaina on avajaiset. Kakku-
kahvit koko päivän. Tervetuloa jos
teillä on aikaa." "Kiitos tosi pal-
jon", pitsakuski sanoi arvostavasti.

"Tulemme vaimon kanssa." "Iha-
naa", Sarita sanoi liikuttuneena.

Kun pitsakuski oli lähtenyt, Sarita
avasi heti pitsalaatikon ja alkoi
syödä pitsaa suoraan laatikosta re-
pien siitä palasia paljain käsin. Sit-
ten hän rauhoittui, kun pahin
nälkä oli lähtenyt ja haki veitsen ja
haarukan sekä lasin johon hän
kaatoi limua. Sarita asettui televi-
sion ääreen ja napsautti kaukosää-
timen nappulaa. Hyppäsin sohvalle
hänen viereensä. Tämä oli ensim-
mäinen kerta kun katsoimme tele-
visiota uudessa kodissa. Sohva
näytti naurettavan pieneltä tässä
isossa huoneessa ja tuntui olevan
kaukana televisiosta, mutta me

kaksi mahduimme sohvaan aivan
kuten ennenkin. Uutiset alkoivat
juuri sopivasti.

Seitsemäs luku – Pelottavat kasvot televisiossa

Ensin kerrottiin uutisia ulkomailta.
Näytettiin pahan näköistä metsä-
paloa. Palo näytti valtavan isolta ja
mahdottomalta hallita. Näin ja
tunsin, että Sarita tunsi surua. Ar-
velin siitä, että joillekin ihmisille oli
käynyt todella huonosti. Katsoin
Saritaa kasvoihin kysyvästi. Olim-
meko me vaarassa? Sarita silitti
minua rauhoittavasti ja sanoi:

”Tuo tapahtuu kaukana meistä. Sinä ja minä emme ole vaarassa.”

Uutiset siirtyivät toiseen aiheeseen ja aivan erilaiselta näyttävään paikkaan. Näytettiin Pohjois-Korean johtajaa ja tuota kummallista maata, jossa elämä näytti olevan kuin jostakin oudosta näytelmästä. Näytettiin ohjuksia. Olin katsonut Saritan kanssa uutisia usein, joten tiesin jotakin, mutta nämä olivat asioita, joita kissa ei voi koskaan ymmärtää. ”Tuo on kaukana”, Sarita sanoi, mutta aistin, että hän oli hiukan huolissaan.

Seuraavaksi siirryttiin Venezuelaan ja näytettiin mielenosoitusta, jossa oli paljon vihaisia ja onnettomia ihmisiä, jotka olivat pettyneet hallitukseen ja jatkuvaan pulaan ja puutteeseen. Tunsin Saritan kehon kielestä, että tuo vaara ei yltänyt meihin.

Uutiset hyppivät maanosasta toiseen ja kertoivat ongelmista ja huolen aiheista, mutta siihen me olimme tottuneet.

Sitten siirryttiin kotimaan aiheisiin, lähemmäs meitä. Kotimaan aiheet saivat Saritan usein ärisemään ja huutelemaan televisiossa näkyville ihmisille muka vihaisesti, mutta näin ja tunsin selvästi, että oikeasti häntä enimmäkseen vain nauratti. Hän oli aivan rento pitsan lämmittäessä mukavasti vatsaa.

Yhtäkkiä kuvaruutuun kuitenkin ilmestyivät kasvot, jotka saivat Saritan kehon jäykistymään. Hän muuttui kuin suolapatsaaksi. Hän oli aivan kauhuissaan. Koska Saritan reaktio oli näin erikoinen, painoin nuo kasvot mieleeni hyvin tarkasti, niin että tuntisin tuon miehen missä tahansa, jos näkisin hänet. Uutisissa sanottiin, että poliisi etsii miestä ja hän saattaa olla vaarallinen. Olin aivan varma, että tässä oli se henkilö, joka oli rikkonut Saritan kuplan.

Kahdeksas luku – Avajaiset

Avajaispäivän koittaessa oli upea ilma. Aurinko paistoi täydeltä terältä ja taivas oli heleän sininen. "Sää on kuin morsian" kuuluu vanha sanonta ja sehän sopi hyvin, koska olimme liikkeessä, joka vuokrasi morsiuspukuja. Sarita oli ottanut minut jostakin syystä mukaan avajaisiin, mutta laittoi minut varmuuden vuoksi ensin pieneen henkilökunnan vessaan. Koskaanhan ei voinut tietää, jos joku avajaisvieraista ei voinut sietää kissoja. Ja pystyisinkö vastustamaan niitä ihania kermakakkuja, jotka oli tarkoitettu vieraille. Olin nähnyt, kun kakkuja tuotiin ja olin pitänyt

niitä tarkasti silmällä. Oli kinuski-
kakkua, mansikkakakkua ja vadel-
makakkua ja niiden kaikkien paras
ainesosa oli tietenkin kerma-
vaahto. Oli myös pieni suklaa-
kakku sekä pieniä suolapaloja. Sa-
rita aikoi syöttää vieraansa pyör-
ryksiin. Oli kahvia ja teetä mo-
nessa pumpputermoksessa ja lai-
meaa punaista mehua sekä vettä
lasikannuissa janon sammuttami-
seen.

Liike oli koristeltu ilmapalloilla.
Odette oli koristeltu vaaleanpunai-
silla sydämen muotoisilla folioil-
mapalloilla jotka kuvasivat ro-
manttista rakkautta ja Odile oli ko-

risteltu mustilla ja kirkkaan punai-
silla sydämenmuotoisilla folioilma-
palloilla jotka kuvasivat kai sitten
vaarallista rakkautta. Saritalla oli
kaksi apulaista, jotka siirtyivät Sari-
tan palvelukseen edellisen omista-
jan palveluksesta liikkeen siirty-
essä Saritalle. Näin apulaiset en-
simmäistä kertaa avajaispäivänä.
Minua nauratti, koska apulaiset
olivat niin sopivan näköisiäkin. Il-
meisesti he olivat sisäistäneet roo-
linsa.

Odetten puolella hääri suloisen
näköinen Jemima, jolla oli sydä-
men muotoiset kasvot ja vaaleat
kiharat sekä suuret vaaleansiniset
silmät. Hän näytti hyvin nuorelta,

mutta ilmeisesti hän kuitenkin oli kokenut ja vaikutti taitavalta toimissaan. Jemima oli todella kuin kyyhkynen nimensä mukaisesti. Hän oli yhtä lempeä kuin kauniskin ja leperteli minulle ystävällisesti. Hän oli pukeutunut valkoisiin ja laittanut hiuksiinsa valkoisia silkkikukkia.

Odilen puolella oli apulaisena Pinja, joka sopi Odilen värikkääseen maailmaan kuin nakutettu. Hän muistutti ulkonäöltään siamilaiskissaa niin paljon kuin se on ihmiselle mahdollista. Hän oli erittäin siro ja kauniskasvoinen ja oli meikannut kasvonsa kuin Kleopatra. Hänellä oli pitkä musta tukka, jossa oli myös lilaa ja kirkkaan punaista raitoina. Hän oli laittanut pitkän tukkansa erittäin tiukalle korkealle poninhännälle, joka sopi hänelle. Hänellä oli yllään musta toppi, joka jätti värikkäät tatuoinnit näkyviin sekä musta minihame ja mustat pitkävartiset saappaat. Sukkahousut olivat hämähäkinseittikuviota. Lisäksi hänellä oli leveä vyö, jossa oli suuri koristeellinen solki. Katsoin tytöstä toiseen vuorotellen ja ihmettelin, koska he sopivat liikkeeseen niin kuin heidät olisi suunniteltu sinne ja toimivat siellä niin tottuneesti kuin olisivat syntyneet siellä. Kuitenkin molemmat olivat Saritaa selvästi nuorempia. Olin tosi iloinen että Saritalla oli nämä apulaiset enkä epäillyt liikkeen menestymistä enää hetkeäkään.

Liikkeen ovi oli auki koska oli lämmin ilma ja ulkopuolella oli suuri kyltti joka mainosti avajaistilaisuutta. Myös kylttiin oli kiinnitetty ilmapalloja. Sarita oli mainostanut avajaisia paikallislehdissä näyttävästi ja jakanut mainoksia koteihin ja kutsunut joitakin naapureita henkilökohtaisesti. Kaikki oli valmiina. Pöytä oli koreana, Sarita ja tytöt seisoivat asennossa odottamassa vieraita. Minut suljettiin vessaan, jossa minulla oli hiekka-

laatikko, vesikuppi, kupillinen kui-
vamuonaa ja tyyny lepäilyä varten.
Olin kuitenkin utelias näkemään
mitä tapahtuisi. Hoksasin, että jos
painaudun oikein matalaksi, voin
nähdä vessan oven alta kaiken tai
ainakin melkein kaiken mitä ta-
pahtuu. Oven ja lattian välissä oli
monen sentin rako. Painauduin siis
aivan litteäksi lattialle ja tuijotin
kiinteästi oven alta.

Yleisöryntäys yllätti. Heti kymme-
neltä Odetteen pelmahti tuvan
täydeltä väkeä. Kakkutarjoilu oli
Odetten puolella ja kakkutarjoilun
takiahan useimmat tulivat. Pitsa-
kuski vaimoineen saapui ensim-

mäisten joukossa. He näyttivät arvostavan kutsua suuresti. He ihastelivat kakkuja ja koko liikettä. Kuulin keskustelusta että pitsakuski olikin itse pitserian omistaja ja hänellä oli kolme aikuista poikaa jotka olivat siellä töissä ja pyörittivät nyt liikettä niin että hän saattoi nauttia avajaisista kaikessa rauhassa vaimonsa kanssa. Olin iloinen, että Sarita oli saanut uusia ystäviä. Näin myös naapurin rouvan, joka oli neuvonut Saritalle eläinlääkärin. Rouva kysyi minusta ja Sarita kertoi että oli laittanut minut vessaan juhlien ajaksi "koska muuten kermakakut saattaisivat mennä parempiin suihin". Kaikki nauroivat. Rouva kysyi myös voinnistani ja Sarita kertoi että voin jo paljon paremmin ja "se komea eläinlääkäri" oli laittanut minut kuntoon. Juuri kun Sarita sanoi sanat "se komea eläinlääkäri", kyseinen eläinlääkäri astui ovesta sisään ja kuuli Saritan sanat. "Siinä paha missä mainitaan", eläinlääkäri kajautti astuessaan Saritan luokse yhdellä pitkällä harppauksella. Sarita kääntyi ja punastui. Onneksi hän oli laittanut kunnon pakkelit naamaan niin että punastuminen ei ehkä kauheasti näkynyt mutta hän tunsi kuinka naamaa kuumotti. "Juu...niin...tosi hauskaa että pääsitte tulemaan. Todella,

todella mukavaa. Ja Esmeralda voi
jo paljon paremmin. Ja minä myös.
Tai siis...eihän minulla mitään ol-
lutkaan", hän soperteli ja naama
kuumotti entistä enemmän meik-
kivoiteen ja puuterin alla. "Hieno
liike teillä", eläinlääkäri sanoi, "to-
della hieno. En ole käynyt täällä ai-
kaisemmin, vaikka onhan tämä
tässä ollut jo aika kauan. Mutta
nyt kun tuli oikein henkilökohtai-
nen kutsu, niin en voinut olla tule-
matta. Taidanpa maistaa noita
herkkuja tuossa. Minulla ei ole mi-
tään kiirettä. Sain siirrettyä kaikki
potilaat iltapäivälle, kun ei ollut
kiireellisiä tapauksia." Eläinlääkäri
harppasi herkkupöydän luo. Sarita

jäi tuijottamaan ällikällä lyötynä.
Oliko eläinlääkäri siirtänyt poti-
laansa iltapäivälle päästäkseen pu-
kuvuokraamon avajaisiin? Oliko
tämä unta? Naapurin rouva tök-
käsi Saritaa kyynärpäällä kylkeen
ja iski silmää. Lääkäri otti ensin
suolapaloja ja kahvia ja palasi ta-
kaisin Saritan luokse. "Täällä tarvi-
taan uutta elämää…totisesti tarvi-
taan…", eläinlääkäri sanoi ja katsoi
Saritaa täysin tosissaan.

Porukkaa tuli koko ajan ovesta.
Kaikki sanoivat jotakin ystävällistä
ja kävivät sitten aikailematta kah-
vin ja kakkujen kimppuun. Kakut
hupenivat kovaa vauhtia. "Riittää-
köhän kaikille? Jääköhän minulle

mitään?", ehdin ajatella, mutta sitten huomasin että Jemima meni sanomaan jotakin Pinjalle ja pian molemmat tulivat kantaen uusia kakkuja ja suolapaloja ja vaihtoivat tyhjentyneitä kahvitermoksia täysiin. "Hyvä Sarita! Hyvä tytöt! Homma toimii! Varmaan minullekin jää", ajattelin.

"Tulkaa toki tutustumaan myös Odilen puoleen", Pinja sanoi, "siellä on naamiaispukuja mutta myös frakkeja ja vanhojentanssipukuja". Osa porukasta lähti katselemaan pukuja Odilen puolelle ja kuulin sieltä innostuneita huudahduksia.

Osa ihmisistä kävi vain kakkukah-
veilla mutta jotkut viipyivät pitem-
pään ihastellen pukuja. Moni otti
käyntikortin. Pinjalla ja Jemimalla
oli myös omat käyntikortit, joissa
oli paitsi liikkeen puhelinnumero,
myös heidän omat kännykkänu-
meronsa. Jemiman kortissa oli sy-
dän, jonka sisällä istui kaksi kyyh-
kystä toisiinsa nojaten. Pinjan kor-
tissa oli kuvattu sellainen naamio,
joita vanhan ajan naamiaisissa
käytettiin.

Porukka vaihtui. Ihmisiä tuli ja
meni. Avajaiset kestivät koko päi-
vän. Minusta alkoi tuntua, että Sa-
rita ja tytöt unohtivat itse syödä

huolehtiessaan vieraista. Eläinlää-
käri viipyi avajaisissa yli kaksi tun-
tia. Se oli mielestäni selvä merkki
siitä, että hän oli kiinnostunut Sari-
tasta. Myös pitserianomistajat vii-
pyivät kauan. Kun he olivat läh-
dössä, Pinja juoksi heidän pe-
räänsä ja sanoi: "Hei, voisinko mä
tilata yhden tonnikalasalaatin?".
"Hei, hyvä idea! Mulle myös!", Sa-
rita huudahti. "Mulle kanasa-
laatti", Jemima huikkasi. Pitserian
omistaja otti tilaukset ylös ja paris-
kunta lähti tyytyväisenä.

Kun salaatit tuotiin, Sarita ja tytöt
kävivät vuorotellen takahuoneessa
syömässä ja lepäämässä. Ajattelin,
että oli itsekin ansainnut tauon

tarkkailusta. Kaikkihan oli mennyt jopa odotettua paremmin ja kakkujakin oli niin paljon, ettei niitäkään tarvinnut vahtia. Söin kiltisti kuivamuonaa ja join vettä ja asetuin hetkeksi tyynyn päälle lepäämään ja suljin silmäni. Taisin varmaankin nukahtaa. Olin jännittänyt kovasti emäntäni liikkeen avajaisten onnistumista ja koska kaikki oli mennyt niin hyvin, saatoin vähän rentoutua. Kissamaiset päiväuneni taisivat sittenkin taas venähtää aika pitkiksi. Tyyny oli asetettu lattialle patterin viereen. Patteri lämmitti niin ihanasti, niin unettavasti. Sitten näin unta. Olin karusellissa ja siinä olivat myös Sarita, Jemima ja Pinja. Karuselli pyöri hurjaa vauhtia, liian hurjaa vauhtia. Sitten uneen ilmestyi se mies, jota oli näytetty televisiossa. Se, jota Sarita oli pelästynyt. Ne pelottavat kasvot tulivat lähemmäksi. Sitten heräsin huutoon.

"Pakko päästä vessaan!" "Mä ensin!" "Eikun mä!" Vessan ovi tempaistiin auki. Viimeisinkin avajaisvieras oli lähtenyt ja liikkeen ovi oli laitettu lukkoon. Tytöt kilpailivat siitä, kumpi pääsisi ensimmäisenä vessaan. Lopulta kävi niin, että he tunkivat sinne molemmat. Siinä vaiheessa minä säntäsin ulos. Sarita katsoi minua ällistyneenä aivan kuin olisi välillä unohtanut olemassaoloni. "Esmeralda! Kylläpä sinä olit kiltisti! Et raapinut edes ovea etkä naukunut! Miten ihmeessä jaksoit olla niin hiljaa koko päivän! Nyt olet kyllä ansainnut vähän kermakakkua!"

"Vihdoinkin kermakakkua!", minä ajattelin. Sain pienen palan kinuskikakkua ja siihen ekstrapaljon kermavaahtoa. Ahmin ensin kermavaahdon ja sitten tein selvää myös kinuskista ja voikreemistä. Onneksi olin syönyt kuivamuonaa alle. Hotkin tuota taivaallista herkkua niin ahnaasti, että kevyt muo-

vikuppi ei meinannut pysyä paikal-
laan, vaan yritti karata. Jahtasin
kuppia syöden samalla ja näytin
varmaan niin hölmöltä, että olisin
voinut päästä hauskoihin kotivide-
oihin telkkariin. Kuppi ajautui
Odetten puolelta Odilen puolelle.
Yhtäkkiä näin, että joku suuri varjo
liikahti Odilen puolella. Odetten ja
Odilen välissä ei ollut kynnystä, oli
vain vedettävä väliovi, joka oli nyt
auki. Asiakkaille tarkoitettu pääovi
oli Odetten puolella. Odilen puo-
lella oli myös ovi, mutta sitä pidet-
tiin yleensä lukossa päivälläkin.
Ovesta pääsi sisään soittamalla
ovikelloa. Odetten puolella olevaa

ovea pidettiin auki liikkeen auki-
oloaikoina, koska Odette oli ikään
kuin paraatipuoli, vaikka Odette ja
Odile sijaitsivat rinnakkain ja nii-
den näyteikkunat olivat rinnakkain
ja yhtä suuret ja näyttävät. Mi-
nusta näytti, että joku asiaton
henkilö oli jäänyt liikkeeseen liik-
keen sulkemisen jälkeen. Hän oli
varmaankin piiloutunut avajaishu-
linassa johonkin sovituskoppiin
verhon taakse esimerkiksi Pinjan
ollessa syömässä. Odile oli niin
täynnä tavaraa, että sinne oli ai-
kuisenkin melko helppo piiloutua.
Lähdin tutkimaan Odilea ja nuuh-
kin ympäriinsä. Tunsin vieraan ih-
misen hajub. Se ei ollut miellyttävä

haju. Kyse oli sellaisesta hajusta, jota ihmisen nenä ei pysty haistamaan, mutta kissan nenä kyllä pystyi, ellei sattunut olemaan joku onnettoman litteäkuonoiseksi jalostettu yksilö. Koiran kuono olisi tässä vielä parempi. Tunsin hajun ja tiesin, että se on pahan ihmisen haju. Tunsin myös kylmiä väreitä. Aistin vaaran ja pahantahtoisuuden. "Senkin raukkis, tule esiin!", ajattelin.

"Esmeralda, nyt lähdetään kotiin", Sarita huusi. Kuulin miten kaikki kolme naista puhuivat siitä, miten kaikki oli mennyt hyvin ja miten kaikilla oli väsyneet jalat koko päivän kestäneestä seisomisesta.

Pinja ja Jemima lupasivat siivota
paikat ja laittaa kaiken kuntoon.
Sarita saisi lähteä kotiin. "Kiitos ty-
töt! Kylläpä te olette ihania! Onko-
han tämä nyt ihan reilua teitä koh-
taan jos mä lähden? Te olette kyllä
maailman parhaita työntekijöitä.",
Sarita sanoi. "Joo, niin me ollaan",
tytöt sanoivat. Sarita huusi minua,
mutta minusta tuntui että en voisi
nyt lähteä. Minun tehtäväni oli
puolustaa ja suojella emäntääni
Saritaa. Nyt minusta tuntui siltä,
että myös Pinjasta ja Jemimasta oli
tullut minun ihmisiäni koska heistä
oli tullut Saritan tyttöjä. Niinpä mi-
nun piti puolustaa ja suojella kaik-
kia kolmea. Se on jo iso tehtävä

yhdelle pienelle kissalle. Tarvitsen apujoukkoja. Mirri, Mosse ja Muru ovat tietysti kumppaneitani. Ehkä löydämme vielä lisää apujoukkoja. Mutta nyt en voisi lähteä ennen kuin selvittäisin, kuka liikkeessä piileskelee. Keksin keinon. Kiipesin hyvin korkealle hattuhyllylle Odilen puolelle. Sarita huuteli ja maanitteli minua puoli tuntia. Tytöt sanoivat, että olen turvassa hattuhyllyllä. Voisin olla liikkeessä yötä kun ovet laitettaisiin lukkoon. He arvelivat, että kissoille tyypilliseen uteliaaseen tapaan haluaisin vain tutkia paikkoja. Huomenna varmasti tulisin alas viimeistään siinä vaiheessa, kun tulisi nälkä tai jano

tai tarvetta asioida hiekkalaati-
kolla. Sarita oli niin väsynyt, että
suostui lopulta lähtemään kotiin il-
man minua. Hän oli jännittänyt
valtavasti ja todella paljon oli ta-
pahtunut. Hän lähti kotiin nukku-
maan.

Tytöt laittoivat kakkujen loput jää-
kaappiin. He tyhjensivät termokset
ja huuhtoivat ne. He laskivat kas-
sat, koska jonkin verran pikkutava-
raa oli myytykin avajaispäivänä.
Tyttöjen yhteistyö oli saumatonta.
Lopulta hekin valmistautuivat läh-
temään kotiin. He laittoivat häly-
tysjärjestelmän päälle, sammutti-
vat valot ja laittoivat ovat takaluk-
koon. ”Pitäisiköhän Esmeraldalle

jättää joku pikkuvalo päälle että sillä olis mukavampaa?", Jemima kysyi. "Ei kissat pelkää pimeää. Ne on yöeläimiä", Pinja sanoi. "Ai niin. Mä en muistanu", Jemima sanoi. Tytöt lähtivät.

Yhdeksäs luku – Kissat eivät pel-kää pimeää

Pinja oli muistuttanut mieleeni, että kissat ovat alun perin yö-eläimiä. En ollut itsekään sitä muistanut. Oikeastaan se on niin, että kissat ovat kyllä yöeläimiä, mutta ihmisen kanssa asuessaan ja eläessään kissasta voi tulla päiväeläin, jos kissa elää hyvin paljon omistajansa rytmissä. Ihmisethän yleensä valvovat päivisin ja nukkuvat öisin. Tavallisinta on, että kissa nukkuu aika suuren osan päivästä, mutta valvookin välillä ja vastaavasti valvoo aika paljon yöllä, mutta nukkuukin välillä. Näin se jotenkin menee. Siis meidän kissojen vuorokauteen voi sisältyä useampia uni- ja valvejaksoja, mutta kyllä me silti olemme hyvin tietoisia oman ihmisemme rytmistä.

Oli yö. Oli pimeää. Olin pukuvuokraamon hattuhyllyllä vaanimassa ja tiesin, että tuntematon vihollinen piileskeli liikkeessä. Mitä minun nyt pitäisi tehdä? Piilopaikkani oli sikäli hyvä, että minua ei huomannut, ellei sattunut katsomaan katonrajaan, mutta minä kyllä näin kaiken, mitä alapuolella tapahtuu. me kissathan näemme pimeässä erittäin hyvin. Silmäterämme laajenevat hyvin suuriksi hyödyntäen vähäisimmätkin valonsäteet tehokkaasti. Aivan pilkkopimeää ei ollut, koska ikkunasta kajasti sisään läheisen katulampun valoa.

Odotin. Odotin. Odotin. Aika tuntui kuluvan erittäin hitaasti. Minuutit tuntuivat tunneilta. Lopulta jotakin tapahtui. Suuri hahmo lähti liikkeelle piilopaikastaan. Hänellä

oli taskulamppu. Hän kompuroi
eteenpäin taskulampun valo-
juovan perässä. Hän meni Odetten
puolelle. Hän meni vessaan! Kuu-
lin, kuinka hän veti vessan. Hän
liikkui Odetten puolella kassako-
neen ja Saritan työpöydän tie-
noilla. Kassakone oli tietenkin lu-
kossa, mutta kuulin ja näin, että
hän veti työpöydän laatikon auki.
Hän otti Saritan päivyrin esille ja
kirjoitti siihen jotakin. Hän jätti
päivyrin pöydälle auki. Hän tuntui
liikuskelevan Odetten pukujen se-
assa. Hän kahlasi läpi hääpukuja.
Mitä ihmettä! Aika tuntui taas ma-
televan. Pelkäsin että yöllinen
roisto vahingoittaa kalliita pukuja.

Hän tuli taas työpöydän ääreen.
Repäisi sivun päivyristä ja kirjoitti
siihen jotakin. Sitten hän vei pape-
rin jonnekin hääpukujen luokse.

Roisto meni takahuoneeseen.
Avasi jääkaapin! Kuinka törkeää!
Hän otti jääkaapista jotakin ja al-
koi syödä. Tiesin tuoksusta, että
hän söi jäljelle jääneet suolapalat.
Onneksi ei kakkuja! Törkeää kui-
tenkin! Kuulin kuinka hän laski raa-
nasta vettä ja joi. Hän tuli takaisin
Odileen. Hän penkoi pukuja siellä-
kin. Hän otti jotakin puvustosta.
Vei kassakoneen luokse. Kirjoitti
päivyriin. Selvästi tarkoituksena oli
pelotella Saritaa ja tyttöjä. Oliko
tämä se television pelottava mies?

Olin melko varma siitä, vaikka olin nähnyt vain hahmon. Miten tyyppi nyt luulee pääsevänsä täältä ulos? Vai aikooko nukkua sovituskopissa koko yön? Olisiko tyypillä pokkaa näyttäytyä täällä päivänvalossa? Poliisihan etsii häntä. Toisaalta hänen toiminnassaan ei näyttänyt olevan mitään järkeä muutenkaan. Voisin tietysti tehdä yllätyshyökkäyksen ja pudottautua tyypin päähän hattuhyllyltä. Siinä olisi kuitenkin riskinsä. Mies on vahva ja häikäilemätön. Tuskinpa hänelle yhden kissan henki tai terveys paljon merkitsee. Minulle kyllä henkeni on kallisarvoinen.

Tyyppi liikuskeli edestakaisin, hommaili jotakin. Vei taas jotakin molempien kassakoneiden luokse. Kirjekuoret! Touhu vaikutti täysin päättömältä. Hän luuli olevansa yksin, joten hän ei pitänyt mitään kiirettä. Lopulta näin tilaisuuteni koittaneen. Mies oli tuonut latti-alle jokseenkin suoraan alapuolel-leni valtavan suuren säkin, jonka hän avasi apposen auki. Hän alkoi kiskoa Odilen vaatetangoista vaat-teita ja heitteli niitä säkkiin. Vale-pukuja? Kun hän poistui hetkeksi takahuoneeseen, minä hyppäsin hattuhyllyltä suoraan säkkiin ja kaivauduin nopeasti vaatteiden alle. Tyyppi oli laittanut kasvoilleen naamion, jossa oli silmänreiät. Hän otti vielä lisää vaatteita. Säkki tuli aivan täyteen. Sitten hän sitoi säkin kiinni. Tässä vaiheessa minua alkoi kaduttaa, mutta se oli myöhäistä.

Mies otti säkin selkäänsä ja meni ovea kohti. kuulin, kuinka hän rikkoi Odilen lasioven jollakin painavalla esineellä. Hälytysjärjestelmä meni päälle. Hälytyslaitteet alkoivat ulvoa valtavalla äänellä. Mies avasi auton takaluukun ja heitti säkin sisään ja lähti ajamaan.

Kymmenes luku – Roiston käsissä

Olin tiukkaan suljetussa säkissä, joka oli täynnä vaatteita. Säkki oli auton takaluukussa. Happi ei riittäisi kauan. Entä jos hän jättäisi säkin auton takaluukkuun pitkäksi aikaa? Se olisi minun loppuni.

 Mies kaahasi hurjaa vauhtia. Hän pysäköi auton jonnekin kadun varteen, avasi takaluukun ja heitti säkin selkäänsä. Menimme sisään jostakin ovesta. Nousimme portaita. Menimme taas sisään ovesta. Mies heitti säkin lattialle. Lattia oli kova ja minä olin säkissä

pohjimmaisena. Pelkoni tukehtu-
miskuolemasta osoittautui kuiten-
kin turhaksi. Mies avasi säkin heti
ja alkoi vetää vaatteita ulos yksi-
tellen ja ripustella niitä vaate-
puihin roikkumaan ihastuneena
kuin saaliiseensa tyytyväinen alen-
nusmyyntishoppailija. Pian koit-
taisi totuuden hetki. Sydämeni
hakkasi tuhatta ja sataa, kun ajat-
telin miten mies mahtaisi raivos-
tua salamatkustajasta. Hän kiroili,
mutta en toista kirosanoja koska
olen sivistynyt kissa. "Mikäs ih-
meen salamatkustaja sinä oikein
olet?" Hän oli riisunut naamion
kasvoiltaan ja heittänyt sen huo-
neessa olevan sängyn päälle. Näin

hänen kasvonsa aivan läheltä kun hän piteli minua aivan kasvojensa tasalla. Hän oli se televisiossa näytetty mies, jota Sarita oli pelännyt. Hän näytti luonnossa paljon pelottavammalta kuin televisiossa. Hänestä huokui pahuutta. Kuitenkin tunnistin selvästi, että kyseessä oli sama mies. "Heh heh, sehän on se Saritan valkonen pitkäkarvanen katti, josta Sarita aina höpötti. Kissa, jolla oli joku fiini nimi. Elviira? Oletkos sinä Elviira? Kissa, joka on Saritalle kaikki kaikessa. Melkein kuin oma lapsi. Niinhän se sano. Kuin oma lapsi. Kävipäs hyvin. Tän kissan avullahan mä kiristän Saritaa kuinka paljon tahansa.

Jos se ei tee niin kun mä käsken, niin kissa joutuu kärsimään. Sitä se ei kestä. Se tekee just niin kun mä käsken."

Lukija saattaa nyt ihmetellä, kun mies puhui itsekseen. Ette muuten tiedä, kuinka paljon ihmiset puhuvat itsekseen. Todella paljon!

Nyt minulle siis selvisi, että Sarita oli tuntenut tämän roiston hyvin ja ilmeisesti luottanut häneen, koska oli puhunut minustakin niin paljon. Sarita ei ollut heti tajunnut olevansa tekemisissä roiston kanssa. Nyt roisto suunnitteli kiristävänsä Saritaa minun avullani. Eihän tämän nyt näin pitänyt mennä. Olin kuitenkin helpottunut siitä, että

olin päässyt pois säkistä ja siitä,
että mies ei alkanut paiskoa minua
päin seinää, vaan uskoi hyöty-
vänsä minusta. Oli varmaankin vii-
sasta esittää tyhmää ja tehdä yh-
teistyötä vähän aikaa. Hä-
mäykseksi. Viranomaisiin pitäisi
tietysti saada yhteys. Ja Saritaan.
Ja kolmeen M:ään. Mutta heti en
keksinyt mitä tehdä. Tietääköhän
mies mitään kissanhoidosta, ajat-
telin huolestuneena.

Vilkaisin ympärilleni huoneessa.
Näin että mies oli ottanut Odilesta
lähinnä kauniita ja kimaltavia, vä-
rikkäitä naisten iltapukuja. Puvut
roikkuivat vaatepuissa näkösällä.
Ne olivat kaikki pientä kokoa. Mies

ei ollut ottanut niitä itselleen vale-
puvuiksi, sillä ne eivät olisi hänelle
mahtuneet. En ymmärtänyt iltapu-
kujen tarkoitusta. En ymmärtänyt
koko juttua. Ymmärsin, että Sarita
oli vaarassa, mutta jollain tavalla
olin kuitenkin helpottunut siitä,
että tuo vaara oli nyt konkreetti-
nen ja tunnistettava, eikä enää nä-
kymätön ja hahmoton. Minulla oli
vahva tunne siitä, että tämä juttu
ratkeaa ja päättyy hyvin, kunhan
pidän hermoni kurissa.

Roisto laski minut lattialle ja tart-
tui puhelimeen. Hän odotti. "Hei
Sarita", hän sanoi, "Minä täällä
pitkästä aikaa. Onko ollu ikävä?
Heh heh! Sua odottaa huomenna

melkonen yllätys kun menet työ-
paikalles. Ja Elviira on sitten mulla,
jos ihmettelet missä se on…no se
sun pitkäkarvanen kattis josta sä
aina puhuit. Se on mulla niinkun
panttivankina. Ai se olikin Esme-
ralda. Muistin, että E:llä se alkoi.
Esmeralda! On siinä nimeä kerrak-
seen karvakasalle! Tiedät sitten,
että ei poliisia…muuten katti kär-
sii. Sitähän sä et halua."

Sarita oli järkytyksestä suunnil-
taan. Hän antoi puhelimessa tar-
kat ohjeet siitä, miten minua piti
hoitaa. Tiesin, että hän itki, vaikka
en nähnyt enkä kuullut sitä. Mutta
tunsin sen kissan vaistollani.

Mies antoi minulle vettä syvältä lautaselta ja join sitä, koska minulla oli jano. Juotuani minulle tuli pissahätä, mutta hiekkalaatikkoahan täällä ei ollut. Menin vessaan ja pissasin suihkun viemäririitilän päälle.

Roisto kävi nukkumaan vaikka oli jo melkein aamu. Hän nukkui monta tuntia. Minäkin nukahdin, koska olin aivan suunnattoman väsynyt.

Yhdestoista luku – Järkytys työpaikalla

Odette-Odile avasi ovensa kymmeneltä, mutta Sarita ja tytöt olivat sopineet menevänsä työpaikalle aina jo yhdeksäksi. Avajaisten jälkeisenä aamuna Sarita päätti mennä työpaikalle ennen Pinjaa ja Jemimaa selvittääkseen mikä oli se roiston lupaama "melkoinen yllätys". Roiston soiton jälkeen Sarita ei ollut pystynyt nukkumaan lainkaan. Hän oli herännyt roiston soittoon, eikä sen jälkeen uni enää tullut silmään. Jo ennen aamukahdeksaa Sarita oli upouuden vasta avatun liikkeensä luona. Ei ollut

vaikea huomata, että asiat eivät
olleet kunnossa. Odilen lasiovi oli
rikottu pirstaleiksi. Vartiointiliike
oli saanut ilmoituksen hälytysjär-
jestelmän kautta ja käynyt paikal-
lalaittamassa ikkunaan leveää kel-
taista teippiä, jossa oli vartiointi-
liikkeen nimi ja puhelinnumero.
Roisto oli jo häipynyt vartiointiliik-
keen miesten tullessa paikalle. Sa-
rita meni sisään ja näki Odetten
pöydällä päivyrinsä, johon oli kir-
joitettu suurin punaisin kirjaimin:
"Minua et pääse pakoon". Sarita
näki myös, että päivyristä oli re-
vitty sivu irti. Sarita oli aivan sho-
kissa. Hän näki, että hääpukuja oli
pöyhitty ja yksi puku oli vedetty

esiin muiden joukosta. Puvun vaatepuuhun oli ripustettu päivyristä revitty sivu, johon oli kirjoitettu punaisin kirjaimin: "Tämä sopisi sinulle, kulta".

Sarita meni katsomaan Odilen puolelle. Hän näki heti, että suuri määrä pukuja oli hävinnyt. Hän nosti katseensa katonrajaan. Hattuhyllyllä ei ollut Esmeraldaa. Myös Odilen kassakoneen luona oli jotakin outoa. Päivyristä oli revitty sivu, johon oli kirjoitettu punaisin kirjaimin: "Pue tämä puvun alle". Lapun päällä oli kirkkaan punainen sukkanauha, jossa oli pieni musta rusetti. Sarita huomasi, että

lapun vieressä oli suljettu kirje-
kuori. Varmaankin kiristyskirje. Sa-
rita tunsi itsensä pahoinvoivaksi.
Hänen teki mieli hävittää todistus-
kappaleet ennen tyttöjen tuloa,
mutta hän ei kuitenkaan tehnyt
sitä. Tähän saakka hän oli paen-
nut. Hän oli muuttanut toiseen
kaupunkiin. Hän oli vaihtanut koko
elämänsä toiseksi luullen roiston
jättävän hänet rauhaan. Roisto oli
kuitenkin seurannut häntä ja otta-
nut hänestä selville kaiken. Ennen
roisto oli tyytynyt huijaamaan hä-
neltä rahaa. Nyt roisto oli ryhtynyt
avoimeen hyökkäykseen Saritaa
vastaan. Nyt Sarita ei voinut enää
paeta. Hänen oli kerrottava tästä

jollekulle. Ihan ensiksi hän kertoisi
Jemimalle ja Pinjalle.

Sarita keitti täyden pannullisen
kahvia. Hän otti jääkaapista eilis-
ten täytekakkujen jämät. Kovin
paljon ei ollut jäljellä, mutta aivan
riittävästi kolmen naisen aamiai-
selle.

Kun Jemima ja Pinja saapuivat töi-
hin, Sarita esitteli heti heille tilan-
teen. Tytöt järkyttyivät ja kokivat
jonkinlaista syyllisyyttä, vaikka ei-
vät olleet tehneet mitään väärin.
Sarita rauhoitteli tyttöjä ja va-
kuutti heille, että tämä ei ollut
missään määrin heidän syytään.
Heidän ei pitäisi syyttää itseään

lainkaan. Sarita päätti kertoa ty-
töille koko totuuden.

"Minä kerron nyt teille totuuden
tästä asiasta. Minä tunnen tämän
roiston. Minä tiedän, kuka hän on.
Minä pakenin häntä. Sen takia
minä muutin tähän kaupunkiin. Ir-
tisanouduin entisestä työpaikas-
tani. Myin entisen asuntoni. Han-
kin täältä asunnon ja tämän kau-
pan. Ajattelin, että pääsen tuosta
tyypistä eroon, kun muutan pois.
Ajattelin, että hän jättää minut
rauhaan, kun ei löydä minua. Ajat-
telin, että hän löytää uuden uh-
rin..."

"Löytää uuden uhrin! Mitä ih-
mettä! Mistä tässä oikein on kysy-
mys? Mitä hän teki sinulle?" Kysy-
mykset sinkoilivat tyttöjen suusta.

"No, tämä on nolo juttu…hän us-
kotteli ensin rakastavansa minua.
Hän oli niin romanttinen. Minä us-
koin…olin niin kokematon. Se ro-
manttinen puppu upposi minuun
kuin häkä. Tuntui hyvältä olla ra-
kastettu ja ihailtu. Sain ruusuja ja
sydämen muotoisia suklaarasioita.
Mutta se kaikki olikin valhetta.
Hän oli jonkinlainen Auervaara."

"Mikä on Auervaara?", Pinja kysyi.

"Auervaaraksi sanotaan sellaista
miestä, joka huijaa rakkauden ki-
peitä naisia. Huijaa heiltä rahaa",
Sarita vastasi. "Miksi et kertonut
poliisille?", tytöt ihmettelivät yh-
teen ääneen. "En kehdannut ker-
toa, koska ajattelin, että olin jou-
tunut huijatuksi omaa hölmöyt-
täni. Hävetti, kun minua oli hui-
jattu tunnetasolla." "Kuitenkin
olisi pitänyt kertoa", Pinja sanoi.
"Nyt kun on käynyt ilmi, että hän
ei olekaan pelkkä tavallinen Auer-
vaara, vaan todella vaarallinen,
niin nyt kyllä pitäisi kertoa polii-
sille. Mutta hän on siepannut Es-
meraldan. Hän soitti minulle ja sa-
noi, että Esmeralda on hänellä. Ja

jos kerron poliisille, niin hän laittaa Esmeraldan kärsimään."

"Hirveää", Jemima pillahti itkuun.

"Mitähän noissa kirjekuorissa on?", Pinja ihmetteli.

"Aivan varmasti kiristyskirjeitä", Sarita vastasi. "Satuitteko muuten näkemään kun uutisissa näytettiin yhtä miestä ja sanottiin että poliisi etsii. Se oli toissapäivänä. Se oli juuri se mies."

"Kyllä tämä juttu selviää. Se tyyppi jää kiinni ja saa ansionsa mukaan. Nyt ei anneta periksi. Älä anna pelon ottaa valtaa. Esmeralda saadaan kyllä turvaan", Pinja vakuutteli.

"Juodaan nyt kahvia. Keitin koko pannullisen. Syödään nuo täytekakkujen jämät. Ja sitten pitää soittaa poliisille ja vakuutusyhtiölle ja vartiointiliikkeeseen..."

"Hyvä Sarita, nyt puhut asiaa", Pinja sanoi.

Kun oli kahviteltu perusteellisesti, Sarita soitti paikalle vartiointiliikkeen ja poliisit. Paikalle saapui kaksi nuorta ja salskeaa vartijaa, kaksi nuorta ja salskeaa poliisia sekä kaksi nuorta ja salskeaa saksanpaimenkoiraa, jotka olivat poliisikoiria. Kaikki nämä tulijat saivat osakseen ihailevia katseita naisten taholta. "Otitte oikein koiratkin mukaan", Sarita ihmetteli. "Tässä on kyseessä sen verran vaarallinen rikollinen, että ajateltiin varmuuden vuoksi ottaa Jeppe ja Niilo mukaan", poliisit vastasivat,

Kaikki käytiin läpi ja kirjattiin perusteellisesti. Kaikista roiston jättämistä merkeistä ja muutoksista otettiin valokuvat. Mitään ei siirretty, mutta poliisi otti kirjeet haltuunsa tutkittaviksi. Vartijat kertoivat, mihin aikaan hälytys oli tullut. He kertoivat nähneensä rikotun lasioven, mutta tekijä oli jo ehtinyt paeta paikalta. Varastetut puvut luetteloitiin tarkasti. Sarita kertoi poliisille millainen historia hänellä oli roiston kanssa. "En kehdannut kertoa poliisille, kun koin että kaikki oli jotenkin omaa syytäni", Sarita selitti. "Se on hyvin tyypillistä", poliisi sanoi, "tämäkin Auervaara on huijannut monia naisia, nuoria ja hyvinkin iäkkäitä. Monilta hän on huijannut huomattaviakin summia. Näissä tapauksissa on tyypillistä, että naiset syyllistävät itseään eivätkä kerro poliisille. Tämä kyseinen mies on esiintynyt monilla eri nimillä. Mutta tämä on poikkeuksellinen tapaus siitä, että tämä tyyppi ei ole pelkkä huijari, joka katoaa jäljettömiin, vaan tämä ryhtyy käyttäytymään uhkaavasti, kun naiset pääsevät jyvälle mikä hän on miehiään. Hyvin erikoinen tapaus!"

Saritaa värisytti.

"Mihinkähän se niitä naisten iltapukuja oikein tarvitsee?", Pinja ihmetteli.

"Ehkä se ajatteli antaa niitä eteenpäin hienoiksi ja romanttisiksi lahjoiksi. Niillähän voisi tehdä vaikutuksen", tuli Jemimalle mieleen. "Saatatpa hyvinkin olla oikeassa", poliisi sanoi.

"Miten me nyt löydämme sen roiston? Sillä on minun rakas kissani panttivankina", S"rita voihkaisi.

"Kyllä meiltä keinot löytyy", sanoi toinen poliiseista. "Ensinnäkin meillä on nämä verrattomat ne-

nät, Jeppe Jepulis ja Niilo Nipot-
taja. Koirat voivat haistella roiston
jättämiä kirjeitä ja seurata hajujäl-
kiä. Kyllä ne löytävät sen roiston!
Ja sittenhän sinä sanoit, että se
tyyppi soitti sinulle. Voisimme jäl-
jittää kännykän. Voisit soittaa
vaikka hälärin. Ehkä se soittaa ta-
kaisin."

"Voisin antaa kissanhoito-ohjeita.
Olen niin huolissani Esmeral-
dasta", Sarita sanoi.

Kahdestoista luku – Etsiväkissa Esmeralda

Roisto vain nukkui ja kuorsasi. Minulla oli aivan hirveä nälkä. Minua alkoi huolestuttaa, milloin oikein saisin ruokaa. Entä jos minua ei löydetä? Entä jos roisto tosiaan jättää minut nääntymään nälkään? Eihän tässä nyt vielä hirveän kauan ollut kulunut siitä, kun olin syönyt sitä täytekakkua. Sehän oli eilen illalla. Mutta jos on arvaamattoman roiston armoilla eikä ruokakuppia tai hiekkalaatikkoa näy missään, niin kyllä silloin on mielestäni syytä huolestua. Oli jo ainakin keskipäivä sisäisen kelloni mukaan, mutta roistontöistä väsynyt roisto vain nukkui. Roiston puhelin soi kerran, mutta hän vain käänsi kylkeä. Vähän ajan päästä puhelin soi uudelleen. Tällä kertaa se sai soida pitkään. Hyppäsin pöydälle katsomaan puhelinta. Siinä luki: "Sarita soittaa!" Nyt on pakko herättää roisto! Yritän saada sen ymmärtämään, että tarvitsen ruokaa. Hyppäsin roiston vatsan päälle ja aloin pomppia siinä. Roisto heräsi kiroillen. "xxxx katti, mitäs riehut siinä!" Roisto nousi istumaan ja haroi tukkaansa. Ohjasin hänen huomionsa kännykkään hyppäämällä pöydälle kännykän viereen ja tönin kännyk-

kää tassullani. Roisto nousi ja siep-
pasi kännykän ennen kuin se puto-
aisi lattialle. Silloin hän huomasi,
että Sarita oli yrittänyt soittaa.
Roisto soitti heti takaisin Saritalle.
"Olit soittanu", hän murahti eikä
ehyinyt sanoa mitään muuta, kun
Sarita alkoi antaa tiukkoja ohjeita
siitä, millaista märkämuonaa, kui-
vamuonaa ja kissanhiekkaa mi-
nulle piti ostaa. "Mikä ihmeen
hiekkalaatikko? Eihän mulla nyt
semmosta ole...ai että pesuvati
käy...toi niin kun tommonen sau-
navati. No on mulla semmonen. Ja
hiekkaa sit siihen vai?"

Puhelua kuunnellessa oli vaikea
käsittää, että kyseessä oli poliisin

vaaralliseksi kuvailema etsintäkuulutettu. Mutta kylläpä voi olla perusasiat hukassa! Ei tiedä edes kissanhoidon alkeita! Roisto kuitenkin kiskoi pusakan niskaansa ja laittoi kengät jalkaansa ja lähti ostamaan määrättyjä tarvikkeita. Toivottavasti se ei nyt hemmottele minua, ettei minulle tule mitään syndroomaa, että kiintyisin siihen. Katselin ikkunasta, kun roisto löntysti kohti kauppaa ja tunsin häntä kohtaan yllättäen sääliä. Kummallista, miten monenlaisia tunteita ihmiset voivat kissassa aiheuttaa.

Olin odottanut roistoa kaupasta vähän aikaa, kun kuulin yllättäen rappukäytävästä raikuvaa koiran haukuntaa. Kuulin askeleita. Ihmisten ja koirien askeleita. Siinä oli monet aivan vieraat askeleet, mutta yhdet maailman tutuimmat, maailman rakkaimmat askeleet: Saritan askeleet! Sarita, Sarita, Sarita! Maailman paras ja ainoa minun ikioma ihmiseni!

Tukijat soittivat vastapäisen oven ovikelloa! Mitä ihmettä! ”Poliisista päivää!” Vastapäisen asunnon asukas avasi oven ja oli kauhuissaan! Miten tämä on mahdollista?! En pysynyt enää nahoissani vaan aloin tunkea itseäni ulos postiluukusta. Jäin erittäin kipeästi jumiin postiluukkuun niin, että pää ja toinen etutassu näkyivät rappukäytävään ja kaikki muut osat minusta jäivät toiselle puolelle. Postiluukku sattui ja puristi. Minulla ei ollut voimia työntää itseäni enempää mihinkään suuntaan. Aloin naukua todella surkeasti ja niin kovalla äänellä kuin suinkin osasin. Sarita käännähti kuullessaan ääneni. "Esmeralda! Katsokaa! Tuolla Esmeralda on! Tuo on se ovi!" Poliisi pahoitteli että oli pelästyttänyt naapurin turhaan. Etsintäpartio tuli minun eteeni. Koirat alkoivat puhua minulle: "Käpälät ylös lain nimessä! Olette pidätetty! Olemme lainvartijoita! Meillä on virkamerkit!", uhosi Jeppe. "Meillä on myös urhoollisuusmitalit", täydensi Niilo. "Minäkin olen lainvartija", minä sanoin, "olen teidän kanssa samalla puolella. Olen etsiväkissa Esmeralda." "Oletkos sinä jonkinlainen kissamaailman Hercule Poirot?", Jeppe kysyi. "Pikemminkin neiti Marple. Olen nimittäin tyttökissa. Voisitteko nyt auttaa minua? Pääni irtoaa kohta kun tämä postiluukku puristaa". Jeppe avasi postiluukkua kuonollaan ja Niilo työnsi varovasti omalla kuonollaan pääni ja käpäläni postiluukun sisäpuolelle. Töpsähdin roiston asunnon eteisen lattialle. Poliisi sai asunnon oven murrettua auki. Poliisit etsivät roistoa asunnosta.

Minä kyyhötin lattialla kuin pieni mytty. Jeppe ja Niilo istuivat asennossa suoraryhtisinä komeissa virkaliiveissään. ”Kylläpä te näytätte komeilta”, sanoin vilpittömästi. ”Kylläpä sinä näytät surkealta”, sanoi Jeppe yhtä vilpittömästi. ”Höh, se on…tuota…osa strategiaa”, sain sanottua. "Strategiaa! Mitä strategiaa?”, koirat huudahtivat innoissaan kuin yhdestä kuonosta. Olin näköjään tullut vahingossa lausuneeksi jonkinlaisen taikasanan. Aloin selostaa pikkutarkasti koko juttua alkaen siitä, kun näin suuren varjon liikkuvan pukuvuokraamossa sulkemisajan jälkeen. Selostin, miten jäin hattuhyllylle vaanimaan ja miten pudottauduin säkkiin ja miten kaivauduin vaatteiden alle ja miten säkkiä vietiin autolla ja kannettiin selässä ja kerroin aivan kaiken. Myös sen miten herätin roiston ja miten suuntasin hänen huomionsa kännykkään ja miten tunkeuduin ulos postiluukusta, jotta etsintäpartio löytäisi oikealle ovelle. Koirat katsoivat toisiaan ja nyökkäsivät. "Mitöli", sanoi Jeppe. "Ehdottomasti urhoollisuusmitali", sanoi Niilo.

Poliisit ja Sarita ihmettelivät, missä roisto mahtoi olla. Sitten Sarita hoksasi, että mies oli tietysti lähte-

nyt kauppaan ostamaan kissan-
hiekkaa ja kissanruokaa. Kun hän
tulisi takaisin, hän näkisi tietysti pi-
halla poliisiauton. Hän ei sitten tie-
tenkään uskaltaisi tulla esiin. "Täy-
tyy mennä siirtämään autoa." Toi-
nen poliiseista otti Niilon mu-
kaansa ja lähti siirtämään poliisi-
autoa pois pihasta. Toinen jäi
Jepen kanssa sisälle odottamaan.
Sarita nosti minut syliinsä ja loh-
dutti minua. "Rakas, rakas, urhea
pieni Esmeraldani", hän sanoi.

Katsoimme ikkunasta ulos.
Näimme roiston tulla raahustavan
kahta painavaa kassia kantaen.
Kissanhiekka ja kissanruoka paina-
vat paljon. Poliisiauto oli ehditty

onneksi siirtää. Mies ei näyttänyt epäilevän mitään. Hän lähestyi kotiaan. Kuulimme askeleet kun hän nousi portaita ylös. Jeppe ja hänen omistajansa odottivat oven takana. Kun mies aikoi avata oven, hän tajusi, että se oli murrettu auki. Jeppe tarrasi heti kiinni ja mies saatiin pidätettyä. Mies katsoi maahan nähdessään Saritan. Hän ei pystynyt katsomaan Saritaa silmiin. Mies oli käsiraudoissa ja Jeppe piti tiukasti kiinni. Jepen omistaja kutsui Niiloa ja Niilon omistajaa radiopuhelimella. He olivatkin jo tulossa portaita ylös. Mies vietiin poliisiautoon.

Kolmastoista luku – Loppu hyvin, kaikki hyvin

Jepen kiinnipitäminen ei vahingoittanut roistoa. Jeppe osasi tehdä sen niin taitavasti. Roisto sai melko pitkän tuomion, koska hänellä oli pitkä rikosrekisteri pitkältä ajalta. Hän oli kai jo unohtanut, mikä on oikein ja mikä väärin. Vankilassa hän saattoi miettiä sitäkin.

Kaikki Odilesta varastetut puvut saatiin takaisin. Vakuutus korvasi rikotun lasioven. Roisto määrättiin maksamaan korvauksia Saritalle ja kaikille muillekin huijaamilleen naisille. Saa nähdä, onko hänellä joskus varaa maksaa ne korvaukset. Huijaamalla saamansa rahat roisto oli onnistunut tuhlaamaan vaikka niitä oli paljon.

Odette-Odile menestyi. Tapahtumia järjestettiin ja niihin tarvittiin pukuja, jotka löytyivät Odette-Odilesta. Sarita pystyi maksamaan mukavaa palkkaa itselleen, Jemimalle ja Pinjalle.

Sarita ja eläinlääkäri Karim alkoivat ystävystyä ja tutustua toisiinsa. He olivat rakastuneita, mutta puhuivat varovasti vain ystävyydestä. He halusivat edetä hitaasti, mikä varmasti olikin viisasta. Huomasin kuitenkin, että Sarita näytti erittäin onnelliselta.

Mutta entäpä minä? Minun kaulassani komeilee minulle sopivankokoinen urhoollisuusmitali vaaleansinisessä silkkinauhassa. Jeppe ja Niilo olivat esittäneet urhoollisuusmitalin myöntämistä minulle. Jotenkin he olivat saaneet asian vietyä eteenpäin. Ilmeisesti heillä toimii kommunikaatio hyvin ihmisten kanssa. En koskaan väsy kertomaan seikkailuistani kolmelle M:lle ja kehuskelemaan urhoollisuusmitalillani. Toivottavasti he kuitenkin kestävät minua. He ovat tosi katu-uskottava kolmikko ja saatan tarvita heidän apuaan milloin tahansa tämän näennäisen rauhallisen pikkukaupungin kujilla, jos Rautakynsi hyökkää kimppuuni.

Olenhan minä nyt melkoinen julkkiskissa. Olen esiintynyt naistenlehdissä yhdessä Saritan kanssa ja lemmikkilehdessä sekä aamutelevisiossa yhdessä Jepen ja Niilon kanssa. No, olivathan meidän ihmisetkin siellä telkkarissa, mutta kyllä me eläimet kuitenkin olimme pääosissa.

Roisto lähetti Saritalle viestin, jossa hän pyysi Saritalta anteeksi. Sarita vastasi, että hän on antanut anteeksi ja jatkaa elämäänsä

mutta ei halua enää kuulla rois-
tosta mitään. Jotain muutakin hän
siihen kirjoitti, jotain elämänoh-
jeita varmaankin.

Nyt hyvästelen teidät lukijat ja
päätän kirjani näihin tunnelmiin.
Auringon paisteeseen, ruohon
tuoksuun ja kimalaisen surinaan.
Minulla on nyt jo ikävä teitä!

Kunnioittavasti,

Etsiväkissa Esmeralda